KB037892

우수아이아

김인자 시집

우수아이아

달아실시선
78

달아실

보조 용언과 합성 명사의 띄어쓰기 등 본문의 맞춤법은 시인의 의도에 따른 것임.

시인의 말

봄이 온다는 건 우리의 몸과 맘이 서로에게 기운다는 말이잖아요. 저 아릿한 물비린내와 여리디여린 풀빛과 꽃빛, 목덜미를 기어오르는 간지러운 햇살, 숲길 걷는 동안 내가 누린 묵상과 참회의 시간들, 지금 나를 감싸고 있는 이 가없는 평화

춤이 영혼을 잊게 한다면 음악은 영혼을 관통한다죠. 그러니까 춤과 음악은 언어 이전과 이후를 연결하는 원초적 기호였던 것. 한 줄 내 시詩도 기호가 되고 자유로운 노래가 되었으면, 한없이 착하고 한없이 무해하게,

그리고 고백해요. 어제까진 아침마다 아이들 웃음과 마당에 새로 피는 꽃들을 보는 것이 행복이었다면 오늘부턴 당신을 보기 위해 눈을 뜬다는 거 아시나요.

2024년 초하 대관령 산방에서

김인자

차례

우수아이아

시인의 말 5

1부. 지나가는 나 지나가는 당신 지나가는 우리

기억 12
그런 사람 13
몽골 초원에 봄이 오면 14
산山 16
꽃보다 우울한 것은 없다 17
눈폭풍을 건너며 18
봄비 21
남이섬 잠행 22
어쩌다 24
지나가다 25
빛 26
시효가 끝난 27
불법체류자 28
살다가 29
푸른 심해, 너를 찾아 30
나도 시인이었던 적 있었다 32
소요유逍遙遊 34

2부. 애증의 힘을 빌려서라도 기어이 가겠다

우수아이아 36

4월 숲교향곡 40

병산서원 광영지 43

미필적고의未必的故意 44

고요가 슬픔에 이를 때 46

슬픈 몽유 47

손님 48

신神은 바뀌었다 50

공주 공산성 52

손경전 54

무량대수無量大數 56

내 숨의 기원 57

다정한 소란 58

애달픈 몸 60

윤슬 63

앵강만鸚江灣 64

3부. 삭제된 문장들은 어디로 사라졌을까

불안이 물처럼 찰랑거리다 68
장마 70
이방인을 읽는 오후 71
우리 사이 72
곡비哭婢 74
무음으로 스며드는 풍경이 있다 76
사랑이 아닌 그 모든 것들 78
일곱 번 울고 난 후 79
책 80
인연 81
어머니의 화단 82
고달사지의 봄 84
시편, 읽고 쓰다 86
잠을 위한 기도 87
울컥, 홍시 88
몸이 기억하는 사랑 90
갈 수 없으니까 간다 91

4부. 별을 보고 싶다면 불을 꺼야지

늦기 전에 94
나무 95
까마귀 96
변화가 필요해 98
문만 열어도 100
영춘화가 피었더라 102
부부라는 이름 104
풍경 107
우리들의 꽃밭 108
슬픔이 차오르면 109
호저의 거리 110
독백 112
너라는 진심 113
여행 증후군 114
무슨 짓을 한 거니? 116
2월 118

해설 _ 너에게로 가는 만 리 • 오민석 119

1부

지나가는 나 지나가는 당신 지나가는 우리

기억

수억만 년 전
어느 봄날
당신이 사립문 기대 있을 때
그 곁에 내가 있었다는 거
기억하시나요

그런 사람

아무리 눈을 크게 떠도 보이지 않던 사람이, 이젠 눈을 감아도 보이는 사람이 되었다면, 그의 발소리, 그만이 몰고 올 수 있는 공기의 결, 숨소리만 들어도 단박에 알아차리는 그런 사람, 갓 사귄 애인은 불꽃같은 뜨거움에 몸서리치지만 오래 사귄 사람은 은근하고도 따스한 아랫목 같아 자꾸만 눕고 싶지 이제 비로소 사랑하는 사람보다 더 사랑하는 사람은 오래 함께한 사람이란 걸 알게 되고, 불륜과 애인과 남편이 다른 말이 아니란 것도 알았다 다수를 소유하려는 욕심 말고 작더라도 온전한 하나를 내 편으로 만드는 현명함이 그때는 왜 나와 무관했을까. 끝까지 내가 있는 쪽으로 몸을 기울여 내 말을 경청해주는 사람, 팥으로 메주를 쑨다 해도 커피로 국을 끓인다 해도 그렇구나 하는 사람, 다소 허술하더라도 어딘가 실밥 터진 싸구려 기성복 같은 옷 말고 수십 년을 입어 나달나달 헤진 소매를 수선집에 맡겨서라도 앞으로 내내 아껴 입을 단 한 벌의 맞춤복 같은 그런 사람,

몽골 초원에 봄이 오면

몽골인들의 주식은 양고기다
양을 잡을 땐 비나 눈이 오는 날은 피한다
궂은 날에 친구를 보낼 수 없다는 것이 이유다
봄에 양을 잡는 것도 금한다
겨우내 잘 먹이지 못한 친구를
먹이로 삼는 건 도리가 아니란다
그래도 잡아야 한다면
눈을 가리고 신속히 숨통을 끊어
한 방울의 피도 흘리지 않게 한다
친구의 피를 헛되게 해선 안 된다고
배가 고파도 고통스럽게 죽은 양은 먹지 않는다
집에서 기른 가축은 가족이기 때문에

긴 겨울이 끝나고
초원 가득 야생화가 피어나고 나비가 날면
게르 문을 활짝 열고
양 떼들 한가로이 풀을 뜯는 들판에
온 가족이 둘러서서 마두금을 켜며 긴 고음으로
대지의 신께 바치는 노래를 부른다

언제든 떠날 수 있고 돌아올 수 있으므로
창고를 채우는 일에 의미를 두지 않으며
설령 뜻하지 않는 재해로 모든 걸 잃더라도
신의 뜻이라 생각한다고

육체를 자유롭게 함으로써
마침내 영혼조차 자유로워지는 유목
낡은 책갈피에 잠들어 있던 꽃잎을 깨우듯
그들의 봄은 그렇게 대지에 깃든다고

산山

새벽에 눈을 뜨고 첫 대면하는 곳은 앞산이다
나의 오두막에서 조망 가능한 산은 백두대간 척추에 붙어 있는 능경봉, 고루포기산, 발왕산, 칼산, 황병산, 선자령이다
그러고 보니, 어느 한순간도 내 시선이 산山에 기대지 않는 날은 없었다
어느 한순간도 내 삶이 신神의 가피를 입지 않은 날이 없었던 것처럼
산山은 나와 분리될 수 없는, 우러르고, 기대고, 다가가고 안겨서 몸과 혼을 문지르는, 현실이라는 일상 속에 큰 어른으로 나를 품어주시는 우주 같은 존재다
신神의 거주지로 들고자 할 첫 번째이자 마지막 관문인 산山, 산 앞에서 몸을 낮추는 이유다.

꽃보다 우울한 것은 없다

그땐 몰랐지
풀보다 꽃이 많으면
꽃이 풀 되고
풀이 꽃 된다는 걸

내 눈을 내가
찌르고 싶었던 때가 있었다
꽃을 보느라
꽃보다 고운 풀을
외면했던 내 눈을

눈폭풍을 건너며

1.
시간을 잊게 할 만큼
미친 듯 휘몰아치는 눈보라

낭창낭창한 물푸레나무 회초리가
맨 종아리를 찰싹찰싹 후려치는 엄동
며칠째 눈폭풍이다
수만 마리 야생마들이 한 방향으로 질주한다
사계절 바람언덕을 지켜온 나무 한 그루
저 나무에게도 출생의 비밀이 있을까

바람이 나무의 어깨를 건드린 건 실수였다
앙상한 가지를 잡고 채찍을 휘두르는 폭군,
누가 길을 잃었는가
누가 잃은 길을 찾았는가 찾고 있는가
바람이 골짜기를 휘돌아나갈 때마다
툭툭 팔마디를 꺾으며
항복의 자세를 취하는 나무들
난타, 이곳은 설국으로 이어지는 바람의 제국

2.

고산 툰드라에 겨울이 깊어지면
굶주린 짐승들은 닥치는 대로
서로를 물어뜯다가
어느 날 혼자라는 걸 알았을 때
외로움과 허기를 참지 못해
마를 대로 마른 자기 몸을
바위에 던져 상처를 낸 후
그 피를 빨며 겨울을 견딘다고

갈수록 의식은 희미해지고
지금까지 자신을 연명케 한 것이
자기 살이고 피였다는 걸 자각할 즈음
봄이 가까이 와 있음을 예감하지만
그게 무슨 소용이랴
마지막까지 살아남은 동료들에 의해
뼈만 남은 몸이
하나 둘 해체되는 걸 의식하면서도

저항 한 번 못하고 눈을 감아야 하는 짐승의 최후

3.
결국 생이란
작은 바람에도 흔들리는 촛불 같아
자신의 피를 자신이 빨다 가는 것

저 짧은 구간의 눈폭풍에도
뒷걸음질로 아우성치는 종種들이여!
집으로 돌아갈 때 가더라도
패잔병처럼 홀로 남아
자기 피를 자기가 빨며 죽음을 맞는
고독한 짐승의 그 눈빛만은 잊지 말기를

봄비

첫 밤을 보낸 신부가
떨리는 목소리로
등 뒤에서
'여보!' 하고 부르듯
봄비 오는 날

남이섬 잠행

출생과 함께 몸의 반은 캄캄한 지하로 내려가고 나머지 반은 허공을 향해 솟구쳐 오르는 건 나무의 숙명일 터 입동 지나 만나는 단풍나무는 억울하게 죽은 망명자의 피처럼 붉다 한 몸으로 태어나 지표면을 중심으로 전혀 다른 환경에서 살아야 하는 출생의 비밀까지는 내 알 바 아니지만 지상에 단풍나무만 그런 게 아니라면 무엇이 문제였을까 온몸에 혈관이 터져 분수처럼 솟구쳤다가 급기야 바닥을 피로 물들인, 볼 수 없는 뿌리는 덮어두더라도 보이는 지상의 저 반쪽은 여름내 아껴 모은 물감으로 바닥을 칠하느라 마지막까지 고단했겠다 새 떼처럼 몰려와 붉은 낙엽을 이불 삼아 옹색한 평상에 몸을 펴고 재잘거리던 단체 관광객은 썰물처럼 빠져나가고 섬은 다시 고요에 묻힌다 태초의 그날처럼 저녁놀은 강을 물들이고 바닥을 베고 누운 붉은 단풍에 취해 고의적으로 막배를 놓치고 작은 섬에 홀로 남은 나는 옷을 갈아입고 저 피 같은 단풍나무를 위한 제를 준비한다 바랜 욕정 탓인가 단풍잎은 마지막까지 저리 뜨겁게 타오르는데 내 몸은 때 이른 한파로 바들바들 떨고 있다 이 밤이 지나고 나면 나는 어디쯤 흘러가고 있을까 지금은 만추의 강물도 남이섬도 붉다

못해 검은 십일월 열엿새하고도 밤

어쩌다

어쩌다 나는
사람으로 태어나
겨우겨우
어른이 되었지만

그 다음의 꿈은

고작 어린아이로
되돌아가는 것

그러니까
사는 거 다 헛지랄이었던 거야

지나가다

비행기를 갈아타기 위해 요하네스버그 공항 로비에 앉아 단물 빠진 껌처럼 씹고 또 씹는 단어 하나, '지나가다', 이 말을 풍선껌처럼 부풀려보다가 내 안에서 터져 나오는 고래 울음 같은 비명을 듣는다 생각을 내려놓고 다시 지나가다란 말 잘근잘근 씹다 보니 대개는 목구멍을 통과하지만 그래도 입안에 맴돌던 고래 심줄 두어 가닥은 잇사이에 끼어 잇몸이 되거나 피와 살이 되기도 하더라는, 지나가다, 심장을 덜컹거리게 하는 몹쓸 동사, 너라면 알고 있으리라. 기다림과 그리움의 또 다른 말, 슬픔의 다른 말이 '지나가다'라면, '지나가다'보다 더 슬픈 말은 지나갔다는 말, 지나갔다는 말보다 더 슬픈 말은 지나갈 거라는 말. 어디에 놓아도 슬픔에 도착하게 되는 말, 아, 지나가는 당신 지나가는 나, 그리고 지나가는 우리들, 나는 지금 대한민국 서울을 향해 케냐를 출발 요하네스버그를 지나가는 중

빛

커튼을 걷는다
작은 움직임에도
몸을 뒤척이는 먼지를
부질없는 일인 줄 알지만
빗자루로 쓸어 담는다
작은 빛 하나도
허투루 새 나가면 안 되니까
존재감 없어 보이는 먼지 한 톨도
고독한 세월을 견딘 후에야
탄생한 목마름일 테니
행여 바늘구멍 크기의 빛이라도
그냥 버리면 안 되니까

시효가 끝난

아내의 가슴에
대못을 박고 집을 나갈 때
사랑에 시효가 있다는 걸 몰랐을까
34년의 세월을 탕진하고 돌아온 사내
그토록 기다리던 지아비를 앞에 두고
이 사람 누구냐 묻던
행복이 무언지도 모르고 살아온
행복요양병원 502호 덕순 씨
치매 걸린 아내 앞에서
무릎 꿇고 흐느끼던 때늦은 속죄
낯선 노부부의 엇갈린 시선
필라멘트가 끊어진 전구처럼
아, 시효가 끝난

불법체류자

잘린 손가락을 흙 묻은 손수건에 싸 들고 응급실로 달려온 외국인 노동자, 닥터가 국적과 이름을 묻는데 답을 못 한다 아무 영문도 모른 채 그냥 산이 좋아 먹이를 쫓아 달리고 달리다 인간이 놓은 덫에 걸려 살려달라고 애원하는 겁먹은 짐승의 눈빛, 생을 통틀어 처음 보는 짐승과 손을 뻗으면 닿을 듯 가까이에서 1초를 영원처럼 눈을 맞춰 본 적이 있었던가 통증에 시달리면서도 소리 한 번 지르지 않고 그렁그렁 눈에 물만 고이던 청년의 눈 속에서 내가 본 것은 그리운 열대 고향집에서 올망졸망 기다리는 가족들, 그때 등 뒤에서 나를 후려치던 거친 목소리

"야, 저 새끼 불법체류자 아냐?"

살다가

수만 마리 누 떼가 죽음을 무릅쓰고
악어가 우글거리는 마라강을 건너는 건
오직 하나 나무와 꽃과 풀이 무성한
푸른 초원이 강 건너에 있기 때문,
무리를 따라가다 악어에게 잡힌 새끼 누는
죽을힘으로 발버둥쳐보지만 게임은 이미 완료
새끼의 최후를 두 눈 부릅뜨고 보기만 할 뿐
이제 어미가 할 수 있는 일은 없다
새끼를 버리고 무리에서 떨어지지 않기 위해
수많은 누 떼 속에서
앞만 보고 달리는 어미 누의 다리가
자꾸만 화면 밖으로 잘려나간다

푸른 심해, 너를 찾아

부디 살아 있기만을, 더듬더듬 다가가 손을 적시고 두 발을 적시고 마침내 온몸을 던져 너를 찾아 들어간다 바다는 금세 어두워져 이제 눈으로 식별 가능한 것은 없다 심해 어딘가에 길을 잃고 헤매고 있을 거란 심증만으로 지금 나는 지도와 나침반을 가슴에 달고 깊고 깊은 곳으로 헤엄쳐 가고 있다 천 길 고요가 만 길의 소란을 덮고 뭔가 끊임없이 아래위로 옆으로 흘러가다가 밍글 손끝에 닿기도 하는 것, 분명 너는 아니었으니 나는 갈 수 있는 깊이 그러니까 바닥에 닿을 때까지 수직의 모험을 감행할 수밖에, 아무리 강해도 심해를 뚫을 순 없는 빛, 거기 얼마 못 가 막장이 있을 거라는 싸늘한 예감이 온몸을 엄습할 때도 나는 절망과 타협하지 않았다 몸이 바닥에 닿는 그 순간을 위해 수없이 훈련한 건 안간힘으로 두 발을 박차고 단숨에 수면 위로 올라오는 것, 그러나 그 급박한 순간에도 찾아야 할 너를 찾지 못했다는 걸 자각한 난 숨이 멎을 때 멎더라도 조금 더 견뎌보기로 한다 허나 더 이상은 무리다 일단 물 밖으로 몸을 피하기 위해 바닥을 힘차게 구르던 그때 내 손끝에 닿을락 말락 스치던 그것, 아, 너일지도 모른다는 생각, 아니 네가 맞구나 찾았구나 재빨리 손을 낚아채 참았던 숨을 길게 토하는 순간, 손끝에서 스르르 빠져나가는 싸늘한 신기루, 깨고 싶지 않은 꿈을 깨고 난 뒤에 오는 허무감, 어쩌란 말이냐 절망과 슬퍼할 권리마저 빼앗긴 이 한밤의 비애를

나도 시인이었던 적 있었다

지붕도 문도 없고 라마가 주변을 서성대는 안데스 외딴 마을 휑한 자연 화장실에 쭈그리고 앉아 일을 보던 그때서야 휴지를 챙기지 않았다는 걸 알았다 주머니를 더듬다가 겨우 찾아낸 아기 손바닥 크기의 종이 쪼가리 한 장, 세상에 단 한 장뿐인 이 귀한 종이에다 깨알 메모를 하다니, 하필이면 그때 변비에 걸린 시심이 기세등등 몸을 찢으며 터질 게 뭐람, 먹는 만큼 싸고 싸는 만큼 먹는 삶이라는 순환 고리, 가슴으로 쓴 시는 가슴이 읽을 것이고 머리로 쓴 시는 머리가 읽겠지만 지금 세상 끝에서 이 귀한 종이에 이토록 난해한 자세로 쓰여진 시는 누가 읽을 것인가 라마가 내 엉덩이를 노려보고 있다는 걸 알았지만 그런 상황에서 한 편의 시를 살리느냐 내 뒤를 챙기느냐를 고민해야 하는 족속이 바로 시인이라는 걸 그때 알았다 나는 똥구멍까지 시인이고자 했고 시인이었던 것 '우리'라는 시는 그렇게 시작했다

그가 고백했다.
참 좋죠, '우리'라는 말
'우리'라는 말 속에는

눈을 지그시 감고

뺨을 부비며

마치 서로를

꼬옥 껴안고 있는 느낌이

소요유逍遙遊

장자는 절망이 아닌 희망을 이야기하는 책이다. 그 희망이 장자의 소요유 편에 포진해 있다 소요유는 장자 내편의 제목으로 소요逍遙란 별 목적 없이 이리저리 어슬렁거린다는 뜻이고, 유는 놀 유遊 자로 제목부터 장자의 사상을 그대로 보여준다 별 목적 없이 이리저리 어슬렁거리며 노는 삶, 장자는 그런 삶을 살고자 했고 그렇게 살았다 한다 소요유를 이보다 더 잘 표현한 말이 있을까 그런 의미라면 소요유는 희망을 이야기하는 책이 맞다 가까이에서 보면 세상은 뒤죽박죽인 듯하나 물러나 보면 핵심만 남고 그것을 통해 실존적인 자기 철학을 체득하기도 한다 세상의 중심이란 크게 보면 공空이지만 작게 보면 우리 모두 각자가 세상의 중심이라는 의미겠다

내가 죽을 때까지 같은 앞산을 매일 보면서 매순간 그 소회를 기록한다 해도 죽고 나면 그것은 무야유야 분자로 흩어지고 말 것이요 매일 보지만 기록하지 않는다고 아주 없어지거나 사라지는 것 또한 아님을 밤 같은 새벽이라 아직 문을 열지 않는 앞산을 눈에 담지는 못하더라도 마음으로는 읽어야겠기에

2부

애증의 힘을 빌려서라도 기어이 가겠다

우수아이아*

그런 거잖아
그곳에선 그곳을 볼 수가 없지
우수에 젖은 아이를 부르는
노랫말 같은 우수아이아
들어는 봤니 우수아이아
이렇게 사랑스러운 지명이 있었구나
우수아이아, 세상의 끝이라는데
세상의 끝이어서 세상 끝만큼
아름답다는 우수아이아

부에노스아이레스 3,063km
남극 1,000km
알래스카 17,846km
불의 땅 티에라 델 푸에고
마젤란 펭귄이 사는 남미 대륙의 끝

몸 안의 기쁨을 불러내는 햇살
몸 안의 슬픔을 호명해주는 안개
어느 계절 어느 시간에 도착하더라도

지금껏 해온 모든 사랑과 이별을 추억하기에
가장 멋진 날씨가 기다린다는 우수아이아
누구도 자연을 넘어설 수 없다는 걸
보여주는 대목이겠지 아니면
이미 신의 일에 관여했을 인간의 전유물인
그리움이 부메랑처럼 돌아오고
방황하던 인간들도 그 길을 따라 돌아오고
하늘을 떠돌던 새들도 돌아와
마침내 깊어질 대로 깊어진 애증으로
이루어질 수 없고 이루어지지 않았기에
사랑이었을지도 모를 그 모든 것들

우수아이아, 우수아이아
슬픔을 반납하고 분노를 푸는 곳
용서를 구하고 용서를 받는 곳

우수아이아, 그곳까지 가서
내 손을 잡아줄 신은커녕
나를 버려줄 신조차 없다는 걸 알았을 때

폭풍처럼 달려드는 고독과 외로움
송곳 같은 바람이 온몸을 관통해도
풍경으로 아픔을 잊게 한다는 우수아이아
우수아이아, 이 빛나는 이름 앞에서
왜 나는 눈물이 날까

오직 한 가지 슬픔을 버리기 위해
사람들은 세상 끝으로 모여들지만
가는 여정이 길고 혹독해
대개는 길 위에다
자신도 모르게 슬픔을 흘려버려
남은 슬픔이 그리 크지 않다는 걸 알았을 때

마젤란 펭귄처럼
다시 사랑을 꿈꾼다고

어느 나라 언어로 발음하더라도
세상의 끝을 상징하는 풍경과
아름답기에 슬플 수밖에 없는 이름

우수아이아 우수아이아

그물에 걸려 올라온 잔 고기가
큰 고기의 미끼가 되듯
사람들은 왜 슬픔을 버리려 온 그곳에서
더 큰 슬픔을 안고 가는 건지

* 우수아이아: 세계 최남단 도시, '세상의 끝'이라는 별명을 가진 아르헨티나 티에라델푸에고 주도.

4월 숲교향곡

1.

뿌리는 한 송이 꽃을 위해 다가올 계절을 준비하며 기다린다 꽃을 안다는 건 인고의 시간을 안다는 말, 잠투정하던 아가가 봄 햇살에 졸린 눈을 비비며 내 등에 살며시 엎드릴 때 꽃은 수십 수백 번 문을 열고 닫으며 때를 기다린다 꽃이 기적인 이유다

2.

겨울 가문비나무를 생각한다 얼마나 아득할까 깊은 뿌리에서 우듬지까지 물과 공기와 양분을 날라야 하는 물관의 고된 노동, 저 많은 코끼리는 처음부터 코끼리였을까 주름진 얼굴과 늘어진 귀 불끈불끈 솟구치는 발등의 주름과 근육, 아기일 땐 그냥 나무였을 나무가 언제부턴가 코끼리가 된 나무, 육중한 신뢰감, 가문비나무 밑동이 코끼리 발목을 닮은 건 우연일까

3.

백두대간, 바람과 강설과 나무와 길, 그리하여 사람의 눈과 귀와 살은 설경을 완성하기에 이른다 나무의 곁가지

는 바늘 같다 그 바늘이 오장육부를 지나 뉴런의 깊은 골짜기 가장 예민한 부위를 찌르나 보다 밤 동안 어떤 일이 일어났는지는 말하고 싶지 않다 망각하자 캄캄하더라도 다시 오는 봄을 기다리자 사랑이 없다면 아무것도 없는 것 거듭된 수정에도 '사람'이 '사랑'으로 타자되는 이 불치의 질환을 치유할 길이 없구나

4.

조심조심이 아니라 눈을 질끈 감고 초록 바다에 풍덩 몸을 던지고픈 날이 있다 헤엄을 치겠지 팔다리를 허우적대다 보면 어딘가에 닿겠지 아 닿지 않고 영원히 부유할 수도 있을까 그러다 정신을 잃는다면 잃어서 새로운 별에 당도한다면 나보다 먼저 깨어난 무당벌레가 등을 기어오른다면 간지러움으로 꼼지락거리다가 나도 무당벌레처럼 깨어날까 그때 숲을 하나 둘 백 천 수십 수백 수만… 날개인지 새살인지 모를 촉들이 파도를 일으키겠지 간조가 끝나면 알에서 깨어난 치어들이 숲의 바다로 헤엄쳐 나가겠지 만조 때까지는 시간이 남았으니 열심히 몸을 부풀려 그늘을 늘리겠지 하늘엔 종달새 노래 숲에는 꽃바람 군

무, 기다렸다는 듯 일제히 침묵을 깨고 묵은 잎과 새잎의
협연으로 이루어지는 4월 숲교향곡

병산서원 광영지

어쩔거나, 서원을 저만치 두고 마음은 이미 붉은 꽃물로 질펀하다 드디어 배롱꽃 사열을 받으며 서원의 첫 문인 복례문을 들어선다 내 몸이 어떤 조짐에 압도당할 준비를 하고 있었던 걸까 숨이 가쁘다 시선을 어디다 두어야 할지 모르겠다 학문에 뜻을 두고 출가한, 그토록 사모하고 연모하던 님, 먼발치서 그의 그림자라도 보고픈 마음에 험한 길 달려온 처자처럼 주책없이 가슴은 왜 그리 나대는지 복례문 뒤에 몸을 숨긴 광영지를 어찌 잊고 있었나 몰라 그런데 아, 꽃이 졌구나! 지는구나! 환한 대낮에 연못을 핏빛으로 물들인 저 분분한 낙화, 배롱나무 그림자는 연못에 그림자를 드리우고 색동저고리 처자들은 맨몸으로 환한 여름 오후를 보내고 있다 아무도 등을 떠밀지 않았고 그들 스스로 붉은 치마를 뒤집어쓰고 버선발로 사뿐히 몸을 던졌다는 걸 배롱나무는 알고 있다 간밤 병산 넘고 낙동강 건너 병산서원 광영지에 누가 다녀갔는지 무슨 일이 있었는지 시간이 흐르면 저 꽃잎들 나무도 꽃도 아닌 연못의 일부 아니 병산의 저 깊은 골짜기가 될 수 있을까 고요를 따라 서원을 둘러보고 복례문을 나서는데 노을이 아, 저 배롱꽃에 물든 핏빛 강물이

미필적고의未必的故意

신문을 펴고 뜯어온 나물을 다듬을 때
눈에 들어오면 구사일생 목숨은 건지지만
겁에 질려 몸을 숨기는 녀석이라면 운명은 달라진다
데친 나물에 허연 배를 드러낸 애벌레를 보면
내가 이렇게 살기등등한 존재였나 싶다가도
시간이 지나면 먹고살자고
내 몸이 사주한 일을
모르쇠로 일관하려는 심사는 뭔지
침입자는 나였고 분명 내가 저지른 일인데
죽은 자는 말이 없으므로 아니 말이 없으니까
한 인간의 과실로 비명횡사한 미물을 두고
끓는 물에서 사체를 건지는 순간까지도
변명을 찾기에 급급한 존재의 가벼움
눈앞에 신이 없다고
애벌레의 일방 과실로 덮어씌우기까지 하는
이 터무니없는 적반하장과 몰염치
신이 인간에게 '나는 죄인이로소이다'라는
참회기도를 가르친 건
그럴 만한 뜻이 있었을 거다

죄가 없다면 벌도 없겠지만
이런 경우야말로 덫을 놓고
아무도 걸려들지 않기를 바라는 일처럼
얼마나 모순적인가
누구에겐 생사가 걸려 있는, 그러니까
나는 잊어도 너는 차마 못 잊는 죄
미필적고의

고요가 슬픔에 이를 때

이제 막 도착한 슬픔은 풋자두처럼 시고 쓰다 나는 날마다 슬픔을 안고 잠이 들었으므로 뺨에는 눈물자국이 염전을 이루었다 그 무렵 수시로 나를 덮쳐오던 슬픔은 공용화장실에 걸린 대형 두루마리 화장지처럼 얇고 질겼다 고요가 슬픔에 닿을 때만 환영처럼 나타나는 사람, 그가 누군지 알고 싶었으나 인상착의나 어떤 심증조차 없으니 부를 이름 또한 있을 리 만무한, 분명 나를 보러 온 사람인데 아무리 소리쳐도 입술을 뚫지 못하는 말, 그는 내가 그를 부른다는 사실조차 모르는 듯 성큼성큼 골목 끝으로 사라져버렸다 그를 볼 수만 있다면 아무것도 묻지 않으리라 그냥 야윈 등을 쓰담쓰담해주고 싶을 뿐, 그런 와중에도 누군가는 망치로 내리치듯 말했다 슬픔과 삶은 분리될 수 없으니 끌어안으라고, 아비규환 속에서 비로소 나는 무엇도 거부하지 않고 때가 되면 밥 먹듯 주어진 슬픔을 꼭꼭 씹어 삼켰다 그러고 보니 지구는 하나의 거대한 식당이고 우리는 슬픔으로 지은 그 밥 먹으러 세상에 온 가엾은 짐승들

슬픈 몽유

한 번도 입맞춤해보지 못한
당신의 향기가 꽃밭을 적시던 날
나는 향기에 취해 눈이 멀었고
불꽃같은 그리움이 가슴에 피어날 때면
홀로 꽃밭 지키는 일 형벌 같았지요
세월이 흘러도 식을 줄 모르는
당신의 향기
얼마나 많은 강물이 바다에 이르렀을까요
햇살이 내 등을 어루만지고
당신이 돌아올 수 없다는 걸 알았을 때
비로소 꽃도 시들고
향기마저 사라졌다는,

손님

모두가 곤히 잠든 새벽에
몸을 단정히 하고
기다리는 손님이 있습니다

어떤 날은 초록옷을
어떤 날은 흰옷을
또 어떤 날은 빛나는 화관에
연분홍 가사적삼 차려입고
나를 향해 오시는 손님이 있습니다

그동안 이곳을 떠나야 할
많은 사정이 있었지만
그것을 뒤로 미룬 이유는
매일 새 옷 갈아입고
나를 향해 오시는 손님을
그냥 돌려보낼 수 없었기 때문입니다

어머니께서 기다림이 곧 사랑이란 걸
일러주시지만 않았어도

한결같이 이리 단정한 자세로
그분을 기다리지는 않았을 겁니다

쉿!
지금 저기 그분이 오고 계십니다.

신神은 바뀌었다

낭만이 실세였던 추상주의 시대는 갔다.
신의 거주지가 하늘이라고 믿었던 때와 달리
새로운 신은 모든 장르를 석권하시었기에
역대 어느 신보다 전지전능하시다
백성들의 열화와 같은 지지에 힘입어
인간의 직접 선거로 보좌에 오르신 분
때와 장소를 초월해 수많은 채널을 개설하고
무엇이든 물어보세요 공략을 앞세운 진보주의
BTS를 세계적 스타로 만든 것도
코로나의 창궐을 주도한 이도 그다
고전주의 신은 병 주면 약도 준댔지만
기도와 상관없이 병은 주지만 약은 주지 않는 신
어쩌다 우리는 장난삼아 던진
낚시에 걸려든 눈먼 망둥이 신세가 되었을까
사이비 교주에게 읍소하는 아바타가 되었을까
누구도 그의 능력을 의심하기는커녕
만백성이 식음을 전폐하고 밤낮 눈을 떼지 못하는,
이제 신은 개개의 손끝에서 우리를 조정한다
무한 경쟁 시대엔 능력자만이

보위에 오를 수 있다는 걸 보여주듯
시공을 넘어 보이는 곳과 보이지 않는 곳에서
신출귀몰하신 그분
불법거래 장부로 흘러들어간
가상화폐일 확률도 무시할 수 없는
실시간 지구상 모든 인종들이
나의 신은 'Google' 나의 신은 'Naver'
저마다 일 대 일 비대면으로 그를 알현하신다

공주 공산성

마곡사를 둘러보고 백제 시대에 축성한 공산성 위에 앉아 저무는 금강 바라봅니다 흘러가는 것은 흘러가는 대로 아름답지요 나에겐 시간과 강물이 그렇습니다 지금 눈앞의 강은 수면에 구름이 살짝 드리우고 오리 몇 마리 한가롭게 노닐 뿐 정물처럼 고요하기만 합니다 강은 지금 무슨 말을 하고픈 걸까요 강가에 나란히 서 있는 나무 그림자가 강물 속으로 일제히 몸을 담그는 시간입니다 그림자가 누워 있다는 건 그가 서 있다는 말이겠지요 그들의 깊은 속내까지는 모르지만 곧 저녁이 온다는 신호가 아닐까요 팔을 길게 뻗으면 저 물속 나목의 발목 정도는 닿을 수 있겠다 싶습니다

모든 사물은 서 있는 자리에 따라 그림을 달리한다는 것을 강물에 드리운 그림자가 아니어도 우린 알지요 나는 강물 속 크고 작은 물고기들의 안부가 궁금해 아득한 절벽 위 임류각 난간에 기대어 강물을 필사해봅니다 지상에 무용한 것은 없다 했지요 이 강물이 대양에 닿을 때까지 물풀들은 강바닥의 크고 작은 돌멩이들을 부여안고서라도 쓸려가지 말자며 서로를 독려할 테지요 언제쯤 우리는

살아온 시간으로 강물의 깊이를 가늠할 수 있을까요

해가 기울자 가파른 산성 위를 말달리는 바람, 낮과 밤이 교합하는 으스름을 품고 잰걸음으로 산성을 한 바퀴 돌아 성문을 나오는데 조금만 더 있다 가라고 공산성이 유혹을 합니다 성곽에 불이 켜진 후에야 알았네요 예까지 왔으니 공산성의 야경은 보고 가야지 않겠냐고요 그러기를 잘했다며 연속 카메라 셔터를 누른 후 시동을 걸었답니다 밤의 금강은 묵언 수행 중인 고승처럼 고요히 나를 배웅하네요 하면 이제 나는 내 안의 소리를 들을 때가 온 것일까요

손경전

안동 임하리 동삼층석탑 가는 그 어디쯤인가
밭일하는 촌로께 손을 청하자 손바닥부터 보여주신다
부처의 고향 룸비니 들판에서 본 보리수나무 잎이었던가
어쩌면 알아볼 수도 있을 듯한 굵고 빼곡한 기호들
노인은 손바닥에 무엇을 새기고 싶었을까
뭉그러진 기호를 따라가자
협곡 지나 광활한 초원이 기다린다
97세 노인의 생이 켜켜로 조각된 손등에선
소나무 수피에서 발견한 상형문자와
반구대 암각화도 언뜻 스친다
마침 무게를 이기지 못해 부러진 감나무 가지 하나
내 어깨를 치는 건 함부로 상상 말라는 경고겠다
그럴수록 더욱 궁금해지는 기호
고대 인도 부처의 가르침을 종려나무과 식물인 다라수
잎에
문자로 기록했다는 최초 경전 〈패엽경〉인가
아니면 메소포타미아를 중심으로
고대 오리엔트 수메르인들이
점토 위에 도구를 이용해 썼다는 설형문자인가

그도 아니면 너비 8센티미터 길이 620센티미터
다보탑에서 긴 잠 깨고 일어난 통일 신라 시대의
목판 인쇄경 〈무구정광대다라니경〉인가
노인의 표정에는 조급함이나 불안 따윈 없고
이마에서 손등으로 이어지는 세로 문자, 온통 경經이로
구나
평생 땅을 파고 씨를 뿌려 가족을 부양한 거룩한 손
감히 누가 저 경문을 함부로 판독하겠는가
나는 그만 노인의 손을 덥썩 잡고 말았다
무구無垢해라, 아흔일곱 촌로의 미소가 아가 같다

무량대수無量大數

그리움을 수학적 단위로 표현해야 한다면 불가사의의 천 배 만 배도 더 되는 무량대수가 아닐까 무량대수란 무량억겁無量億劫을 포함한 모든 수 가운데 가장 큰 수를 이르는 것으로 분량과 단위를 초월한 무한無限 직전의 수로 보면 되겠다 달리 말해 무량대수는 유한적이고 찰나를 살다 가는 인간에겐 적용 불가한 단위일지도 모른다 무수한 알갱이로 쪼갠 바다의 물도 무량대수, 미친 듯 하얗게 달려드는 눈폭풍도 무량대수, 너와의 하룻밤도 세세토록 끝나지 않을 꿈만 같아서 너를 곁에 누이고도 하얗게 너를 지우는 엄동의 눈보라는 범보다 무서웠지 그것은 금기를 깬 죄와 벌이 얼마나 큰지 지척에 두고도 닿지 못하는 절대 거리, 뼈를 녹인 물이 강을 이루고 그 강마저 바닥을 드러내 먼지로 산화하는 천공처럼 아득했던 그리움을 누가 어떤 기호로 대신할 수 있으랴 해머로 두드려서라도 뭉툭해지는 그리움이 있다면 그러하리라 그러니 지금 작은 꽃모양의 눈송이가 온 세상을 하얗게 덮는 이유 같은 건 묻지 말기

내 숨의 기원

두 눈을 잃어 다시는
아름다운 세상을 볼 수 없다 해도
난 괜찮아 네가 나를 볼 수만 있다면
돌아보면 내 숨의 기원은 같다
너라는 샘터, 나에게 너는
어디서든 가볍고 환한 웃음이다
놀랍도록 순결한 지혜다
결여마저 열광하게 하는 용광로다
사랑이 천 리를 간다면
애증은 만 리를 간다 했다
보다 멀리 갈 수만 있다면
애증의 힘을 빌려서라도 기꺼이 가겠다
가서 닿겠다
오늘도 내 영혼은 너를 향해
여전히 같은 속도로 직진 중이다
너를 사랑하므로 면죄부를 받을
단 1%의 가능성도 없는 중형의 죄를
기어이 짓고 말겠다는 각오로

다정한 소란

몸살에 굴복하고 말았다 꽃밭을 꿈꾸며 지중해까지 갔으나 나는 눈부신 태양이 아닌 캄캄한 지하에 방치되었다 가진 것이 없어 불행한 게 아니라 없는 것이 많아 자유로운 영혼인 내게도 천국이 지옥일 땐 먼 나라에서 몸져누울 때다 어렸을 때 언니를 따라간 영화관에서 갑작스러운 정전으로 느꼈던 암흑의 공포가 나를 에워쌌다 비상구는 보이지 않았다 느닷없는 단절감이 두려움이란 무기로 나를 괴롭혔다 나를 뛰어넘지 않고 세상을 조롱할 수 있을까 그런 방법이 있기나 할까 저녁이 되면 개 짖는 소리에도 몸은 오싹해지고 게스트하우스의 눅눅한 침대가 수중무덤처럼 느껴졌다 자유롭고 싶어 유목을 택했으나 다시 누군가의 간섭이 그리워 미칠 지경이었다 몇 발자국만 걸어 나가면 되는 이국의 현란한 밤도 나를 어쩌지 못했다

희망은 죽음의 문턱에 이르러서야 내 손을 잡아주었다 일주일 만에 머리를 들고 밖으로 나갔다 좁은 골목길의 알록달록한 소란이 이토록 정다운 것이었나 나는 나를 극복했다는 사실에 고무되어 산타 선물을 받은 아이처럼 기분이 달떴다 어제까진 비루했으나 오늘은 달콤했다 유적

순례를 할 내일은 가보지 않아도 낙원이리라 빵 냄새 과일 향기 개 짖는 소리 물건 흥정하는 소리 평소 단 한 번도 사랑이라고 생각하지 못한 소소한 모든 것들이 사랑이었구나 비로소 내 귀에도 새들이 우짖고 나는 샤프란 향기처럼 웃고 싶어졌다.

애달픈 몸

나에게 너는 낡고 다정한 옛집이다
이른 아침, 대문을 들어서면
마당 가득 싸리비가 그린 추상화들
장독대 밑으론 채송화가 아장아장 걸어 다니고
부뚜막엔 냉잇국 냄새가 나폴거렸지
그때 우리의 행복은 마주 앉아 밥을 먹는 거였어
네가 차려준 옛집의 밥상

이별은 마취가 풀릴 때처럼 아련했지
그런 일이 있던 어느 저녁답에 도착한 편지 한 통
마를 때까지 기다릴 수 없었는지
곤죽이 되도록 포개고 문지른 붉은 꽃잎 두 장
'그날 우리들의 애달픈 몸'이라고 쓴 문장 위에
피처럼 뭉그러져 있던 그것
노랑나비가 어깨에 앉았다 가고
꿈에서 나를 보았다는 말로 편지는 끝났다

어느 새벽엔 밤새 비가 왔다고 전화를 했지
너는 세상 끝에서 엄마 손을 놓친 아이처럼

두려움에 떨고 있었고
젖은 목소리에 자주 말끝을 흐렸지
그렁그렁 차오르는데 쏟아내지 못한 눈물
네 몸을 범람하는 물소리를
현생 너머에서 나는 소름처럼 듣고 만 거야

어느 낯선 골목을 헤매고 있을 때
아주 멀고 깊은 안쪽에서 간절 다음 계절이
갸륵이 아니길 바란다는 뒤늦은 고백을 너는 했던가
나눠 마실 피와 뜨거운 심장은 그대로지만
현실은 닿을 수 없는 벼랑 끝이니
거리와 시간과 계절이 분리되지 않기를 바라는 희망
마음 둘 곳 없어 막막할 때 나는 들판으로 나가
그날 네 어깨에 앉았다 간 노랑나비를 기다린다

네가 돌아와준다면 나는 가난을 잘 견디는
새댁이 되어 하늘이 주시는 대로 아이를 낳고
담 밑엔 그때처럼 채송화 봉숭아 과꽃을 심고
누가 뭐라든 나는 밥 잘하는 착한 아낙이 되리라

늙었다는 말은 쓸쓸하지만
옛집이나 촌집이라는 말은 얼마나 따듯한가

윤슬

누가 다녀간 걸까 밤새 고요하던 바다가 은빛 옷으로 갈아입은 건 순간이었다 수억만 마리 멸치 떼가 일제히 수면을 난타할 때 그보다 더 많은 나비 떼가 바다를 가로지르는 장관 앞에서 무슨 말이 필요할까 창을 열자 싸한 바람과 기분 좋은 햇살, 이 아침 내게 깃든 찬란한 평화, 언제 불면의 고통 따위가 나를 괴롭혔나 싶다 저 아래 백사장에선 한 남자가 저만치 앞서가는 여자의 이름을 길게 부르고 있다 샤워를 마치고 커피 한 잔을 탁자에 놓고 20층에서 푸른 바다 은빛 윤슬을 바라보던 그 순간은 어찌 그리도 황홀한지 꿈이라면 깨고 싶지 않았고 그 무엇도 바랄 것 없는 나는, 내일이라는 불확실한 미래에 더는 포로가 되지 않겠다고 하늘과 바다에 선언하고 말았다 그 아침의 찬란이 생의 마지막 선물이라 해도 완벽하게 나를 감싸주던 기적 같은 위로는 무엇으로 설명할 것인가

앵강만鸚江灣*

다시 앵강만으로 돌아왔다
밤은 쇠처럼 단단하고 나는 추억을 생각한다
사람에게 풀잎에게 바다에게
내가 모르는 누군가에게 바칠 참회도 함께 생각한다

나는 문명으로부터 수배령이 내린 사람,
어쩌다 예까지 흘러들었으나 이곳이라면
어떤 죄명도 결론은 '혐의 없음'이란 걸 안다
몸으로 한 사랑은 몸이 알겠지만
감동은 어떻게 설명할 것인가
드러냄으로 작은 위로를 얻긴 하겠지

울고 싶을 때
느닷없이 등이 가려울 때
그대의 어깨가 그리울 때
'죽고 싶다'란 포장마차의 낙서가 생각날 때
어떤 향기와 온도에 몸이 반응할 때
그것이 사랑이라는 걸 증명해야 한다면
사랑이 아닌 것은 무엇으로 규정할 수 있을까

아무리 멀어도 닿고자 하면 닿을 것이고
안고자 하면 안을 수 있다는 말 아닌가
살면서 단 한 번도 생각한 적 없는 그것이
사랑일 수도 있지 않을까
달빛은 앵강만을 건너고 신이 내 곁을 지키는 지금
이 순간의 위로는 여기에 내가 있다는 것

* 앵강만: 남해 남면에 위치한 호수처럼 생긴 작은 만, 구운몽의 작가 김만중의 유배지로 알려진 노도가 있다.

3부

삭제된 문장들은 어디로 사라졌을까

불안이 물처럼 찰랑거리다

텅 비어 있을 때와 꽉 차 있을 때 불안의 두께는 동일하다
꽉 차 있을 때의 행복감과 텅 비어 있을 때의 만족감도 비슷하거나 같다
비어 있는 항아리를 보면 생각이든 물이든 채우고 싶고 채우는 상상을 하게 된다
빈 것은 채우기 위해 존재하고 채운 것은 비우기 위해 존재한다
그를 보기 위해 횡단보도 앞에서 초록 신호를 기다리는 잠깐의 시간은 행복이다
횡단보도를 거의 건널 때쯤 만나야 할 그가 바로 앞에서 나를 기다려줄 때 길을 건너는 나도 기다리는 그도 같은 수위의 행복을 감지한다
이것은 채우기 위한 행위인가 비우기 위한 행위인가
채우기 위한 행위와 비우기 위한 행위는 동일한 질량으로 작용하는 게 맞을까
행불행의 눈금을 움직이는 건 마음 위에 있는 영혼이다
우리는 근처 찻집으로 자리를 옮겨 앉는다
그의 찻잔은 금세 비었고 내 찻잔은 여전히 만선이다
빈 찻잔을 보는 그의 시선에 불안이 찰랑거린다

찻잔을 비우기 위해 애쓴 만큼 나는 불안을 할당받는다
채워야 직성이 풀리는 사람은 넘칠수록 좋다
비어 있는 것에 만족하는 사람은 어떻게든 비워두는 게 맞다
꽉 차 있는 것과 텅 비어 있는 것과 일사불란한 것이 불안하거나 두려울 때 비로소 우리는 사람인 것을 의심해봐야 한다

장마

비의 발원지는 너
너를 흘러서 내게로 오는 비
너를 경유하지 않고
내게 도달할 수 있는
하늘도 없고 땅도 없고
강물도 길도 없다
너는 가두어도 묶여 있어도
수문이 열린 댐처럼 방류된다
사람들은 오래 내리는 비를 장마라 하지만
나에게 장마란 네가 홍수처럼 나를 휩쓸 때 뿐
우리에겐 미친 강물처럼 급류로 가야 할 곳이 있다
그곳이 멀지 않다

이방인을 읽는 오후

어떤 목적이 있어서만은 아닌 서너 시간 소비할 만한 조금은 관념적인 가벼움과 중량감 사이 이방인과 까뮈 사이를 저울질해보고 싶었달까 단순한 것을 복잡하게 할 뿐 아니라 기껏 자신이 만든 덫에서 헤어나오지 못하는 존재가 인간이라고 이방인은 말하지 않았지만

살다 보면 세상일이 내 일이 되고 세상 모든 아이가 내 자식이 되고 내 어머니 아버지가 되고 삼촌이 되고 할아버지 할머니가 되고 까르르르 웃음이 되고 울컥울컥 눈물이 되고 바람이 되어 우리를 무너뜨리기도 하고 일으켜 세우기도 한다 그 배후를 조정하는 것이 밥일까 사랑일까

그리움이란 말과 글자가 없어도 그리움은 그리움이었을까 사랑이라는 말도 그럴까 미친 듯 그를 좋아하지 않더라도 내가 가진 가장 귀하고 소중한 것을 송두리째 주면 줄수록 내가 누릴 수 있는 행복이 무한해진다는 걸 추호도 의심하지 않는 거잖아 사랑은

우리 사이

일주일 앞으로 다가온 절친 아들의 결혼식
그녀는 서울에 살고 나는 촌에 산다
당연히 참석해 친구의 손을 잡아주며
이쁘다 내 눈에는 신부보다 네가
더 이쁘다 말해주고 싶었는데

몸이 안 좋아서~ 불가피한 일이 생겨서~
어떤 이유를 대더라도 사족이거나 핑계라는 걸
알면서도 묵인 방조하는 그에게
사람의 일은 알 수가 없으니 혹 못가더라도 알지?
나름 확고한 불참을 밝혔다

이유야 어찌 되었건 미안한 마음을 담아
조금 이른 축의금을 계좌에 넣었다.

사람과 사람 사이에는 오를 수 없는 산이 있고
평생 노를 저어도 건널 수 없는 강이 흐른다는데
그가 모르는 내가 없고 내가 모르는 그도 없는
우리는 어땠는가

입금을 확인한 짝꿍에게서 문자가 왔다.
알아, 못 올 수도 있지, 뭐가 미안해
'우리 사이에'
내 심장 깊은 곳을 정확히 명중한 그녀의 화살
'우리 사이에'
죄 없는 5월 햇살을 꼬나보며
눈물 찔끔대며 잘근잘근 씹고 또 씹는
'우리 사이에'

살면서 천리만리를 날아와
이렇게 심장 깊은 곳을 명중하는 화살이 있었던가
죄는 내가 짓고 용서는 네가 구하는,

'우리 사이에'
'우리 사이에' 라는 말,
그 말

곡비哭婢

칠흑 같은 밤
비 그친 논에 와글와글 개구리가 운다
빼꾹빼꾹 빼꾸기도 합세한다
곡비哭婢다
노비奴婢들의 합창이다

어미를 강가에 묻고 후회하는 자식과
자식을 남의 둥지에 두고 온 어미가
어둠 뒤에 숨어
목이 터져라 우는 울음도 오래 하다 보면
득음得音에 이르겠지

곡비가 갖추어야 할 덕목은
사람 마음에 쌓인 한과 청승을 불러내
좌중의 마음을 울리고 적시는 것
곡소리는 사자死者 곁에 머물되 담을 넘어야 하고
담을 넘되 마을 안에 머물러야 한다고

상여가 집을 나서 장지로 향할 때

상두꾼을 따라가며 이별의 슬픔이 담긴
애가哀歌를 부르며 서럽게 서럽게 우는 곡비
사자死者를 산에 묻고 집으로 돌아오는 순간까지
멈추지 않는 한 서린 계집종의 노래
절창을 넘어 애가 끊어지도록 구슬피 울어야 한다는 곡哭

죽음은 삶을 반영하는 다른 자아라 했다
사자를 위한 산 자의 노래를 곡이라 이르니
울음이 곧 시詩고 노래였던 것

무음으로 스며드는 풍경이 있다

밀약 같은 어둠을 뚫고 봄이 문을 연다 훼절이나 멸절은 어디서 왔을까 열락이란 처음부터 부재한 세계, 나의 눈은 생의 어느 지점에서 열리고 귀는 어느 순간에 닫힐까 누구든 그곳에 도달했을 때만 만날 수 있다는 신, 삭제된 문장들은 어디로 사라졌을까 내가 날린 비수는 누구의 가슴에 꽂혔을까 먼지를 털고 묵은 책갈피를 열어 꽃잎을 깨운다 나비의 첫 날개깃처럼 잠에서 깬 꽃잎은 지난봄의 향기를 고스란히 되돌린다 하던 일을 멈추고 자리에서 일어나 큰 산 향해 엎드려 절하고 싶어지는 내 하루하루의 삶은 실패를 모르는 혁명가의 깃발처럼 얼마나 거룩한 것이냐.

편지엔 바람을 담고 싶었으나 불가였다 그대에게도 그런 날이 있었듯 내게도 나를 앓는 날이 많았다 묵은 향기가 그대를 마비시킬까 두려워 따사로운 봄볕과 압축된 꽃향을 부칠 때도 나는 뒤에 꼭꼭 숨었다 포장으로 가려진 이상은 얼마나 허망하고 현실은 초라했던가 찰나는 얼마나 길고 또 짧았던가 그 단위는 수만 번 우리들의 생을 미세하게 갈라놓은 결의 결 같은 건 아니었을까 나는 있고도 없는 존재, 크거나 작거나의 문제가 아닌, 이를테면 먼지 한 톨을 수만으로 자른, 크기를 가늠할 수 없는 미세한 파장에 불가한, 그 파장이 다시 무한대로 커지기도 하는, 이 자문자답은 또 얼마나 부질없고 새삼스러운지

사랑이 아닌 그 모든 것들

함께했던 모든 시간을 압축한
조그만 집 하나를 그려보면 좋겠다
시간의 공간화라고 생각해볼까
그 압축 파일의 큐빅 속에는 경이로운 방이 하나 있지
감각이 숨 쉬는 공간 현미경과 잠망경 사이
우리 몸은 춤을 추겠지
대들보에 앉아 있는 올빼미 천장에 누운 설표
바닥을 미끄러지듯 움직이는 화사,
모퉁이 구석으로 거미줄을 늘어뜨린 채
뒤영벌을 기다리는 거미
허공을 가르며 윙윙거리는 모기 한 마리와
탁자 위를 서성이는 파리 두 마리
그들 모두가 촉수를 세워
우리 감각을 인식하고 있다는 상상
감각의 해바라기 한가운데
천천히 아주 깊게 우리 몸의 지도를 휘저으며
죽음처럼 사랑하고픈 당신
사랑과 사랑이 아닌 그 모든 것들

일곱 번 울고 난 후

“당신이 웃으면 길가 풀잎조차도 행복해 보여”라는 메시지를 받는 순간 내가 웃지 않는 사람이라는 걸 알았다 “허망하여라 엊그제 만개한 동백이 오늘은 지고 없다 금세 지는 꽃을 쫓느라 생의 대부분을 탕진하다니”라고 쓴 날이 있고 “지금 당신은 어떤 마음으로 창밖의 빈 가지들을 보고 있는지 쭈글쭈글해진 우리의 생도 곧 바람이 불고 눈이 내릴 것이다.”라고 쓴 날이 있고 “누구는 울고 나면 신열로 온몸이 뜨겁다는데 나는 울고 나면 온몸이 착하고 순해져”라고 쓴 날도 있다. 가까이 가면 울렁거리고 살을 꼬집어도 방글방글 웃음이 터지던 그때는 하루 일곱 번 눈물이 터질 때도 있었지만 그리 고통스럽진 않았다 일곱 번 울고 난 후에야 비로소 여덟 번은 울지 않아도 된다는 걸 알았으니까

책

불편과 화해하는 과정 자체를 '수행'으로 인정하던 때가 있었다 여행이 아니면 언제 그토록 마른 빵조각으로 대신하는 부실한 식사에 행복한 순종을 할 수 있었을까

나는 여행의 첫 순간과 마지막 순간을 사랑한다 첫 순간이 기대, 설렘, 두려움이라면 마지막 순간은 아쉬움과 안도와 감사다

어떤 책은 사지 않기로 작정하고 두 번 세 번 빌려보고도 풀리지 않는 갈증으로 끝내 사게 되는 책이 있다 여러 번 읽어도 또 읽고 싶은 책은 빌려보는 책이 아니라 사야 하는 책이다

인연

하고 싶은 일은 내가 정하지만
할 수 있는 일은 신이 정한다
인연도 그런 것 같아

누가 우리 사이에 이런 다리를 놓았지
도산서원陶山書院 농운정사隴雲精舍
문과 문고리로 만나게 하였을까
누가 우리에게
이토록 운명적인 인연의 수갑을 채웠을까

벌겋게 녹슨 문과 문고리는
세상이 멸망하고 집이 가루가 되어도
결코 분리되지 않을,

합일한다는 건 이런 거겠지

어머니의 화단

1.

그리움만으로도 숨이 차는 히말라야 카일라스 무스탕 고도의 불국정토 순례를 마친 여든일곱 노모께서 고향으로 돌아와 작은 텃밭을 만드셨다 아이들과 꽃을 좋아하시는 어머니, 한때는 해바라기 초원을 일구셨는데 언제부턴가 기력이 쇠하신 듯 해마다 작아지는 텃밭

올봄엔 손수건만 한 땅에 상추 모종 열 개를 심으시고 세상 하나뿐인 금쪽같은 내 새끼 일용할 양식이니 함부로 손대지 말라는 듯 둘레석을 세우고 매일 노랠 부르신다고
"아들아, 오늘은 상추가 이만큼 자랐구나"
"아들아, 오늘은 물이 많아서 참 행복하구나"

이 밭은 세상 소풍 끝 날까지 아들을 지켜낼 철옹성보다 단단한 어머니의 사랑, 봄 내내 흙을 달래 그 품에 상추를 기르느라 텃밭에서 보낸 시간이 길었다 태아처럼 굽은 몸이 대지에 닿을 즈음 어머니는 저 푸성귀에 한 방울 젖까지도 아낌없이 짜주신 후 신발을 벗으실 것이다 시간이 가면 어머니도 둘레석도 희미해져 혼자 비보호에 남게

될 아들

2.

올해도 밭 가득 상추 부추 쑥갓 씨를 뿌리고선 거둘 생각을 않으신다 여느 자식들 먼저 뜯고 나면 그때 비로소 이건 내 거니까 내가 지켜야 한다시며 남새밭가에 울타리를 치신다 혼자인 노모가 얼마나 자신다고 저리 넓은 채마밭을 고집하시는 건지, 그런 어머니를 이해하기 시작한 건 여름이 끝나갈 무렵이다 무성하던 채소는 어머니의 인생만큼이나 빠르게 시들고 추레한 잎들이 뿌리에 기대 마지막 열매를 익힐 때 흰 부추꽃 노란 쑥갓꽃 앞에서 이때를 기다렸다는 듯 비로소 환하게 웃으시는 어머니,

고달사지의 봄

내가 알고 갔던 몇 개의 길과
모르고 갔던 무수한 길들이
다투어 유혹하는 봄이다
침묵이 쌓이면
나도 모르는 나를 고백할 때가 있어
가끔 나는 위태롭다

봄 강물 보겠다고 집을 나선 3월 아침
손을 넣어 더듬더듬 여기가 거기겠지
겨우내 그리워하던 강천에 닿았으나
나를 싣고 갈 배는 변심한 애인처럼
강 건너에 묶인 채 요지부동
요것 봐라 강천
내 맘속 계집이 어디 너뿐이랴

고달사지가 나를 부른 건
바윗돌 같은 본처의 마음일 테지
긴 잠에서 깨어난 바람은 폐사지를 달리고
기어이 꽃을 봐야 열매도 눈을 감고

뛰어내리겠단 심사인지

산수유 노란 꽃사리 붉은 열매사리
저 고운 것이 하늘에서 떨어졌겠느냐
땅에서 솟구쳤겠느냐
아니면 누가 몰래 매달았겠느냐
꽃이 부르니 열매가 왔겠지
열매가 부르니 꽃도 좋아서 같이 살자 했겠지

시편, 읽고 쓰다

인생은 그날이 풀과 같으며 그 영화가 들의 꽃과 같도다. 그것은 바람이 지나가면 없어지나니 그 있던 자리도 다시 알지 못하거니와(시편 103장 15~16절)

잎갈나무 숲 지나 가문비 숲으로 오르는 길은 사철 바람이 마중을 나온다 가파른 산길은 연필에 침을 발라 "아들아, 밥은 먹고 다니냐?"로 시작하는 노모의 손편지만큼 다정하다 노루가 뛰면 다람쥐도 뛰고 구름이 달리면 그림자도 달린다 삶을 반드시 어렵게 풀고 해석할 일이 아니라는 걸 실버벨예배당에서 읽은 시편 두 절이 오늘 내 삶의 일용할 양식이 되었다 산을 오를 때 몸뚱이 하나도 버거운데 우울이나 걱정 따위를 지고 갈 일인가 평온한 삶을 바란다면 머물던 자리조차 알지 못한다는 저 산과 들에 피고 지는 풀꽃과 같아야 한다는 걸 조곤조곤 일러주시는 분, 대관령에 가면 영혼이 가난한 자를 위한 따듯하고 아름다운 처소가 있다 소낙비 지나간 여름 가문비 숲만큼 포근하고 안락한 그곳을 사람들은 실버벨동산이라 부른다

잠을 위한 기도

내겐 영웅이 있네
불굴이라고는 말하지 않겠네
의지의 화신은 쉬이 범접할 수 없거니와
신화란 너무 격한 비현실이기 때문으로
나의 영웅은 날마다 아프고 힘들다네
밤샘으로 탈진하기 여러 번 까만 밤을 하얗게 새우다
감각의 금침을 천만 개나 제 안에 박고서 아침을 맞는다네
나의 영웅은 언어로 통증을 과장하지 않고
극한의 고통으로 주변을 우울로 이끌지도 않는다네
나의 영웅은 난조의 몸으로도 따뜻하다네
말 한마디, 강제 않는 말씀으로 약속한다네

기도를 드리네

"이내 잠들지라, 나무가 돌이 될 때까지*"

* 제임스 조이스의 소설 「피네간의 경야」 중에서

울컥, 홍시

옥양목 빛깔이었던 것 같아
나무 아래 동그라미를 그리며 소복이 쌓인 감꽃
떨어진 꽃을 치마폭에 담아 실에 꿰어 목에 걸었지
하룻밤 자고 나면 꽃은
바닥에 몸 댄 자리부터 멍이 들었다
짓궂은 사내아이들은
감꽃목걸이를 낚아채 달아나고
녀석들을 쫓다가 닳아버린 내 신발

꽃 진 자리엔 납작 단추 같은 초록 열매가 부풀고
여름 지나 가을이 오면 감은 어지러움을 참지 못해
빨간 홍시가 되어 뛰어내리곤 했지
그대의 생도 시작은 푸르딩딩 떫고 썼지만
마지막은 농익은 홍시마냥 달달했기를

봉정사 아랫말 초이민박집 마당
하늘에 닿을 듯 쌓아올린 택배상자
그날 수확한 감이라는데 상자를 열자
거뭇거뭇한 상처들, 의외다

눈을 씻고 봐도 상처 없는 감은 없다
감이 상처를 키웠나 상처가 감을 돌봤나
맘껏 자시라는 주인장 권유에
못난이 감 하나 입안 가득 베어 물 때
목에서 솟구쳐 오르는 울컥, 그때 알았다
내 아버지의 다른 말이 '울컥!'이었다는 걸

어머니 일찍 여의시고
낡은 서원 같은 빈집 홀로 지키실 때
긴 엄동의 밤 아무도 챙겨드리지 못한
아버지의 유일한 간식은 항아리 속 홍시
세월 지나 아버지 부재를 위로하듯
민박집 감나무에 달린 홍시가 홍등 같다.
잠은 귀뚜라미 우는 추억 속으로 도망가고
지금 내 귀엔 기와지붕 위로 감 떨어지는 소리만 툭 툭

몸이 기억하는 사랑

사랑을 기억하는 시간
사랑을 분출하는 공간
사랑은 시공을 초월
이편과 저편을 자유롭게 넘나드는
생명의 노래고 춤이다
물 불 흙 공기이며 입자며 전자다
원자와 분자가 교직한 세포며 유기체다
사랑이 몸이고 몸이 곧 사랑인 까닭이다
모든 흠결을 지우고 시간과 거리를 무화시키고
차이를 아우르고 회춘하는 계절을 보라
사랑이 몸인 것은 생명인 까닭이다
사랑은 몸의 교환이고 나눔이다
몸으로 와 몸속에서 내면화되는 그것
너와 내가 나누어진 둘이 아닌
하나이기에 가능했던 문제들
몸을 초월할 수 있는 사랑이 가능하다고?
어떻게 그런 일이,

갈 수 없으니까 간다

매순간 이름을 부르지 않는다고 그리워하지 않는 것은 아니다 창을 닫으면 금세 물속 같은 고요, 바람에겐 수천 수만의 날개가 있고 길을 떠돌다 죽은 자는 바람이 이끄는 대로 허공에 묻힌다 했다 속도에서 자유로워지려면 빨리 걷는 것이 아니라 멈추지 않고 오래 걷는 것이 중요하다 다수가 꿈꾸는 감각의 제국을 통과하는 일은 욕망의 굴레를 극복한 후에도 지난한 인내를 필요로 하지만 풍경을 원한다면 어떻게든 밖으로 나가야 한다 지상의 모든 바람에게 이별의 순간이 오듯 목숨 가진 것들이 피할 수 없는 것 또한 이별이다 참담한 실패가 아니라도 우리가 일상에서 마주하는 자학이나 자탄은 생존 욕구를 떨어뜨린다 살다 보면 언어뿐 아니라 의식이 소통되지 않는 절대 단절에서 오는 안도감이 위로가 될 때가 있다 그때 자리를 박차고 일어나는 결단과 행위를 '여행'이라 했던가 날이 저물고 계절이 바뀌어도 결코 멈추지 않을 구름의 춤과 바람의 노래, 아무리 멀어도 가겠다 갈 수 있어 가는 것이 아니라 갈 수 없으니까 간다

4부

별을 보고 싶다면 불을 꺼야지

늦기 전에

숲길 걸을 때
동쪽으로 게으르게 굽은
가보지 못한 길 앞에서
더 이상 머뭇거리지 마라

가보지 못한 길이라 외면만 한다면
그 길은 영원히 가보고 싶거나
가야 할 길로만 남을 테니

후회하리라
훗날 가보지 못한 길에 그토록 고운 꽃이
수없이 피고 졌다는 걸 알게 된다면

오해가 삶을 키운 거야
숨어서 피는 꽃은 없대
다만 지금까지
한 번도 보지 못한 아름다운 꽃밭이
저 길 끝에 있었다는 걸
가보지 않아 몰랐을 뿐

나무

그늘이 필요할 때 나무를 심는 자를 비웃는 사람은 뭘 모르는 사람이다 그늘에 목말라보지 않는 사람에게 나무는 심어야 할 대상이 아니라 보는 대상일 뿐 진정 늦은 건 없다 그늘이 가장 필요한 지금이 나무를 심을 때라는 걸 아는 사람은 현자다 한 발 옆으로 비켜서 보라 누가 이 그늘을 만들었을까 누가 이토록 밝은 햇살을 숲 가득 풀어놓았으며 이렇게 많은 바람과 눈을 보냈을까 세상을 뒤집을 듯한 폭풍도 오래전엔 따스한 빛의 영혼이었다는 걸 믿기로 하자 여름나무가 어머니 품 같다면 겨울나무는 고독한 성자 같다

까마귀

까마귀 한 마리 전방 50m 도로에서
로드킬 당한 짐승의 사체를 뜯고 있다
자동차가 도착하는 시간과
까마귀가 날아오를 시간을 발끝으로 계산할 때
쾌감의 질량도 함께 계산했으나
대본에 충실하고자 했던 까마귀와 나는
아슬아슬하게 충돌을 모면하는 척
각자의 방향으로 달렸다
둘이 같은 목표 지점에서 만나는 건
대본에 없는 신이었다 그래 이거지 하며
아슬아슬하게 비껴간 촉을 자축하려는데
건너편 나뭇가지로 날아가는 척하다 다시 내려와
사체를 뜯는 까마귀가 백미러에 포착
까마귀와 나 누구 하나는
연기의 달인이거나 속임수의 귀재는 아닐까
내가 허망한 쾌감으로 망연자실할 때
지나간 차는 되돌아오지 않는다는 걸
알고 있다는 듯 유유히 먹이를 뜯는 까마귀
무슨 수로 뛰는 놈도 아니고 나는 놈과

게임을 해보겠다는 것인지
이쯤에서 백기를 드는 게 맞겠지

변화가 필요해

삶의 끝에서 만나는 죽음의 미덕은
억압도 위압도 그 어떤 욕망도 그림자도
빛조차도 결국은 무화된다는 것

그대가 말하고 그대가 듣는 것
내가 말하고 내가 듣는 것
우리가 말하고 그들이 듣는 것
우리가 우리이기 위해 포기한 그 모든 것
살아 있다는 건
제멋대로 저항하고 헝클어지고 교합하는 것
빛으로 와 그늘로 사라지는 것
침묵으로 와 소리로 흩어지는 것
다시 말해 깊은 고통은
인간의 내면을 고귀하게 만들지

우울은 삶의 변화가 필요할 때 오는 몸의 신호
고통을 가벼이 수락하는 자는
슬프고도 심각한 삶에 순응하거나
저항하는 태도 역시 허세일지도 몰라

그런 의미에서 나는 죽음 반대편에 있는
오소소 소름 돋는 지금 이 생을
너무나 사랑하지

문만 열어도

어렵지 않아
새들의 합창과 대지의 기운을 느끼고 싶다면
휴가를 얻어 멀리 떠나는 공상 같은 거 말고
커피 한 잔 내리는 틈새 시간
그러니까 지금 바로 창문만 열면 돼

냉장고 반찬통에 푸른곰팡이가 숲을 이룰 때
우리는 '다음'이라는 옷걸이에 입지도 않을
너무 많은 옷들을 걸어둔 거야
우리가 바라는 것들은 통장의 잔고를 늘리고
시간이 남아돌 때만 할 수 있는 것은 아니었어
방에 담배 연기가 차면 창문을 열어 환기를 하듯
일상에서도 잠깐 문만 열면 되는 거였어

핑계대지 마
우리는 '만약'이라는 창고에 쓰지도 않을
너무 많은 물건을 쟁여둔 거야
몸이 추울 땐 난방 온도를 올리면 되지만
마음이 추울 땐

나보다 더 추운 사람을 껴안으면 된다고
가르쳐준 이는 너였어

힘들지 않아
별을 보고 싶다면 네 안에 불을 꺼
행복이란 접어둔 책 한쪽을 점심 디저트로 맛보는 일
잠들기 전 창밖에 보초를 서는 달과 눈 맞추는 일,
알몸으로 햇살에 취해보는 일
그 알몸으로 파가니니를 듣는 휴일 아침
전생처럼 아련한 바람 소리를 듣는 일
봄밤에 분무질하는 수수꽃다리의 향기
문만 열어도 세상의 반은
볼 수 있고 느낄 수 있어

'설마'라는 창고에 생을 방치하지는 마
남아도는 자투리를 여백이라 정의하진 않아
좋은 그림은 채우는 게 아니야,
여백부터 그리는 거지

영춘화가 피었더라

엘리베이터를 누르고 우편함을 살핀다
모은행에서 온 우편물, 수신인이 나다
뭐지? 거래가 없던 은행이라 선전물이구나 했다
중요한 메일을 휴지통에 버리고 아차 했던 일
문득 그 생각에 폐기하려던 봉투를 열었다
미수령 휴면 보험금!
10년 전 가입, 몇 번 납입하다 끊겼다는데
내가 누구의 부탁으로 보험을 들었는지
납입은 언제 왜 멈췄는지 도무지 오리무중

기억을 강요당하는 건
어둠의 끝자락에서 미명의 밝음을 소망하는
절망과 맥이 닿아 있는 건 아닐까
밝음이 어둠을 어둠이 밝음을 밀고 당기는 일
기억이 망각을 망각이 기억을 내치고 이끄는 일
모순이 섭리를 섭리가 모순을 휘두르는 일

영춘화가 피었더라
길상사 불당 섬돌 곁으로 영춘화는 그늘에서도 노랗게

피었더라

어떤 경우라도 봄이 영춘화를 영춘화가 봄을 일러주는 것이니

어떤 상황에서도 그대가 나를 내가 그대를 애타게 호명하는 것이니

밝음도 어둠도 기억도 망각도 모순도 섭리조차도

장애가 될 수 없으니, 그래서 말인데

고갱님! 독촉장 보내기 전에 휴면 데이트 신청해주시길요

부부라는 이름

좀 살아본 사람들의 한결같은 조언은
편한 게 최고래
그러니까 각방 쓰기는 편하게 살자는 우리들만의
평화협정에 사인한 합의문에 다름 아니었어
그래, 맞다 편하자고 그리한 일이다 휑한 집에
차마고도를 닮은 외로운 강 같은 거실을 사이에 두고
그들처럼 우리도 각방을 쓴다.
시간과 상관없이 먼저 잠이 깬 사람이
화장실과 주방을 들락거리며
영역 표시를 마친 후엔 거실로 나와 창을 열고
이제 더는 쓰지도 달지도 않는 밍밍한 체취를
구석구석 흩뿌리며 하루치의 고도를 기다린다
그러노라면 나머지 한 사람도 자리에서 일어나
45년째 같지만 다른 우리의 하루는 시작된다
그렇게 살아보니 편하고 좋았냐는 질문은
여전히 곤혹스럽지만
몇 년째 나는 이렇다 할 답을 얻지 못하고 있다
언제부턴가 아이들 웃음소리도 끊기고
몇 차례 태풍마저 지나가버린

적막하고 고요한 수도원에서
손발톱을 세워 미워할 그 무엇도
성가시고 벅차기만 할 뿐
어떤 이유로든 내가 당신을 당신이 나를
'여보!' '당신!' 하고 부를 때마다
한 톨 모래만큼이라도 우린 가까워졌을까
살이 닿고 몸이 닿을 때
영혼도 닿았을까
누가 봐도 겉으로는 그럴 듯한 부부지만
아득한 낭떠러지 저 먼 천길 안쪽도
죽고 못 사는 부부였을까
식탁에 마주 앉아 질척한 밥을
헐거워진 치아로 씹고 또 씹으며
설거지통에 쌓인 빈 그릇만큼
우리는 지극하고 돈독해졌을까
죽일 듯 미워하지 않았다는 그것을
사랑이라 착각하진 않았는지
햇살이 가장 먼저 도착하는 창가에 앉아
말없이 아침커피를 나눠 마시며

어느새 화이트로 통일된 어깨에 내려앉은
비듬과 머리카락을 무심히 털어주며 바라보는
앞산의 눈부신 봄의 초록을
언제부터 부러움조차 잊고 살았던가
살아온 날보다 살아갈 날이 짧다는 걸
분명히 알고 가는 우리에게
이 길고도 짧은 하루의 동행은 어떤 의미인가

풍경

백석산 대흥사 대웅보전 추녀 끝에
눈뜨고 꿈꾸는 물고기 풍경아
이제 그만 훠이훠이 날아가라고
부처님 몰래 달아준 날개
까치발로 온 바람에도 놀란 듯
더 크게 풍경을 때리는 탁설
열일곱에 출가해 전생의 업을
이곳에 묻은 어느 비구니처럼
바다를 떠나 산으로 온 물고기야
이제 바다로 가는 길조차 잊은 채
새가 될 수도 없고
바람이 될 수도 없는
바보 물고기 사랑아

우리들의 꽃밭

나 있는 여기
연두 잎 돋고
제비꽃 민들레꽃 피어나고

너 있는 그곳도
새잎 돋고
장미가 정원을
붉게 물들일 때면

세상 모두
꽃밭이 되는 건
틀린 말이 아니겠지

슬픔이 차오르면

휴가가 끝나면 자식 같다던 애완견을 섬에 버리고 가는 사람들 땜에 주민들의 한숨이 늘어난다는 뉴스를 터미널 대합실에서 본 적 있다 “미친것들! 저 죄를 다 어쩌려고,” 숨도 안 쉬고 쏘아대는 여자들의 서릿발 같은 화살이 내 등에 와 박혔다 주변의 다른 사람들도 합세했다 앞줄에 앉은 게 잘못이지 하면서도 내 몸은 얼음이 되어갔다 변명의 여지가 없었다 그래, 내가 죄인이오! 엎드려 자수하고 싶었다

그 일이 있고 난 후 지금도 손을 털지 못한 건 사실이다 우울과 슬픔이 차오르면 나는 집으로부터 가장 먼 섬으로 숨어들어 욕망과 슬픔이라는 태산 같은 보따리를 아무도 몰래 바다에 유기하곤 했다 그것도 여러 번

호저의 거리

열대 사막에서 집단생활을 하며
밤이면 추위를 견디기 위해
서로의 체온을 느낄 만큼만
다가서 잠을 잔다는 동물 호저

부둥켜안고 싶지만 가시 때문에 그럴 수 없다는,
그러니까 상처를 주지 않으면서
상대의 존재를 느낄 수 있을 정도의 적정한 거리를
'호저의 거리' '호저의 딜레마'라 한다고

이거 꼭 누구 들으라고 하는 말 같지 않니
안아줄게 사랑해 수없이 고백해놓고
막상 다가가면 가시를 세워
피투성이가 되도록 찌르기 바쁜 종種들
그렇다면 상처를 주지 않겠다는 말로
세상이 정한 금기가 두려워
바라만 봐야 하는 그것도 사랑일까

동그라미가 동그라미를 안지 못하고

모서리가 모서리를 안지 못하듯
가시 또한 가시를 안지 못하니
지금 우리가 지켜야 할 호저의 거리란 고작
사회적 거리를 마스크 하나로
입을 막아보겠다는 어림없는 수작
지금 우리가 지켜야 할 호저의 거리가
누적된 파울을 한 번에 받는 벌칙은 아니겠지

앞으로 함께 지켜야 할 거리와 선들이
무한대로 늘어나는 걸
속수무책 바라봐야만 하는
지금 내 앞에 닥친
호저의 거리 호저의 딜레마

독백

고일 수 없고 고이는 것이 없는 부유, 방황은 일체감을 상실했을 때 찾아오는 일시적 흔들림일 거야 교감 신경을 발달시켜 어떤 대상이든 집중력과 몰입도를 높이는 것으로 시공 시제가 극복된다면 자의성의 경계를 비자의성으로 교합할 수 있는 선에 이르게 되겠지 그리되면 어디에 있든 마음을 저 푸른 초원 위에 세우는 순간 향기를 가진 풀이 되고 꽃이 되는, 즉 사고의 주체가 마음에 드는 빈 그릇에 담긴 고요처럼 자신을 관조하는 경지에 이를 것이기에, 관조란 깊은 웅덩이에 나를 밀어 넣고 높은 나무에 걸터앉아 나로 하여금 분리된 나를 또 다른 내가 내려다보면서 독백한 혼잣말의 무늬 같은 건 아닐까 하면 나는 나를 어디에 두고 홀로 여기서 이러고 있는가

너라는 진심

잠시 즐겁고 오래 지루했다면 그건 재난에 버금가는 참사가 아닐까 모든 인연을 귀히 여길 필요는 없겠다 우리가 사랑이라고 믿고 택한 것이 가짜 미끼라도 순간에 낚이는 것이어서 호기심에 입을 대는 순간 바늘에 걸린 물고기 신세와 다를 바 무어랴 그랬을 때 방어 수단이 아주 없지는 않으니 두려움을 참으며 고통받는 이들 곁에 가만히 있어 주는 것 모두가 외면하더라도 나만은 너를 지키리라 하였던 그조차도 섭리로 규정하거나 관념이라는 굴레로 정형화되고 만 현실, 태어나고 죽는 이 끝없는 답습은 우리의 생도 장마당에 널린 싸구려 옷가지와 다를 바 없음을 시사하지만 그래도 불변하는 것이 있다면 오직 하나 너라는 진심

여행 증후군

코로나가 물러갈 조짐을 보이자 앓던 병이 재발한 것 같다며 심란해하는 그녀, 이제 한 달 일정 같은 건 꿈일 뿐, 출입국이 자유로워지면 쿠바로 가 아바나 말레콘에서 불같은 연애를 하리라던 그녀는 못 견디게 여행이 가고 싶을 땐 배낭을 챙겨 인천국제공항에 다녀오는 것으로 자신을 위로한다네 리무진버스로 인천공항 출입국장 앞에 내리면 만료가 끝난 여권을 손에 들고 가고 싶은 노선에 줄을 서보기도 하고 뉴욕발 비행기가 몇 시에 도착하는지 게이트 번호도 알아본다네 로밍 카운트를 지나 환전소를 기웃거리기도 하고 당분간 한식이 그리울 테니까 느긋하게 국밥도 챙기고 커피도 한 잔, 인천공항 소인을 찍고 배달될 엽서도 두어 장 써서 부치고 여유가 있으면 예정보다 빨리 도착한 여행자처럼 시간을 확인하며 서성대다 보면 눈에 들어오는 건 작별을 앞둔 연인들, 그중 한 사람을 골라 배웅하러 나온 연인처럼 울먹이는 표정을 짓기도 하고 다른 여자가 눈물을 찔끔거리면 자신도 모르게 손수건을 꺼내게 된다네 그가 언제 올 거냐 물으면 지난번처럼 오래 걸리지는 않을 거라고 남자가 포옹을 풀고 손을 흔들며 게이트 안쪽으로 멀어져가면 자신도 따라 손을 흔들게 된다고, 휴가를 내어서라도 그렇게 하루 공항에 나가 각국의 향기를 모아모아 집으로 돌아오면 한 일주일 동남아라도 다녀온 듯 몸이 착해진다네 그래서 누군가 "요즘 좋아 보여" 하면 당당하게 말한대 "어디 좀 다녀왔거든!"

무슨 짓을 한 거니?

캥거루야,
앉지도 눕지도 못하고
눈은 꿈이려니 하고 감은 거겠지
그런데 입은 설마 하며 웃는 거니
아니겠지 기가 막히단 뜻이겠지
기가 막혀서 아예 실성한 거겠지
이렇게 끝날 바엔
차라리 마지막 순간에
웃고 갈 수 있는 실성이라면
다행이지 싶기도 한데

자고 일어나니
지구 한쪽 호주대륙이 불바다가 되었다고
미안해할 자격조차 없는 인간들이
남의 일처럼 불구경을 하고 있다
대체 우리가 무슨 짓을 한 거니

화마에 쓰러진 소방대원들
천국을 버리고 피난길에 선 자동차 행렬

놀란 캥거루는 꼬리에 불을 달고 뛰고
뛰고 싶겠지만 뛸 수 없었을
잠이 덜 깬 느림보 코알라는
제집 문턱도 넘어보지 못한 채
눈만 멀뚱거리다 고아가 되었겠지

상상에도 없던 아득한 숫자
그렇게 죽어간 우리들의 친구가 5억
여전히 불타고 있는 지구
여전히 쌓여가는 시체들
그 많은 숲속 친구들에게
우리가 무슨 짓을 한 거니
우리가 어떻게 해야 하는 거니

설마,
신이 우리를 버린 건 아니겠지

2월

그는 키가 작다
어떻게 살아도 2월은 짧다
작고 짧은 걸 불평만 하기엔
내 인생도 그랬다
나를 헐어 그에게 보태기로 했다
의외다
감쪽같았다

해설

너에게로 가는 만 리

오민석
(시인·문학평론가)

1

시—중—종이 있어야 완결된 서사가 된다. 아리스토텔레스에 의하면 시작은 그 앞에 아무것도 없고 그 뒤에 무언가가 따라오는 것이다. 종결은 그 앞에 무언가가 있는데 그 뒤에 아무것도 없는 것이다. 얼핏 보기에 하나 마나 한 이런 정의는 그러나 시작과 종결의 의미를 가장 깔끔하게 만들어준다. 그 앞에 다른 무엇이 있는 것을 시작이라 할 수 없고, 그 뒤에 무언가가 이어지는 것을 종결이라 할 수 없다.

이 시집을 일종의 서사로 본다면, 이 시집의 출발은 '나'이고 종결은 '너'이다. 그러므로 이 시집은 나로 시작하여 너에게로 가서 끝나는 이야기이고, 그 사이에서 벌어지는 다양한 국면들이 이 시집의 내용을 이룬다.

두 눈을 잃어 다시는
아름다운 세상을 볼 수 없다 해도
난 괜찮아 네가 나를 볼 수만 있다면
돌아보면 내 숨의 기원은 같다
너라는 샘터, 나에게 너는
어디서든 가볍고 환한 웃음이다
놀랍도록 순결한 지혜다
결여마저 열광하게 하는 용광로다
사랑이 천 리를 간다면
애증은 만 리를 간다 했다
보다 멀리 갈 수만 있다면
애증의 힘을 빌려서라도 기꺼이 가겠다
가서 닿겠다
오늘도 내 영혼은 너를 향해
여전히 같은 속도로 직진 중이다
너를 사랑하므로 면죄부를 받을
단 1%의 가능성도 없는 중형의 죄를
기어이 짓고 말겠다는 각오로
—「내 숨의 기원」 전문

이 작품은 이 시집의 전체 얼개에 관하여 매우 중요한 정보를 알려준다. 첫 번째 정보는, 이 시집이 "너를 향해" 가는 "나"의 이야기이고, 각각의 시편들은 그 와중에 벌어지는 다양한 층위, 풍경, 혹은 경로들이라는 사실이다. 두 번째 정보는 "내 숨의 기원"이 바로 "너라는 샘터"라는 것이다. 이런 고백에 따르면 "나"는 원래 "너"에게서 나왔고 ("기원") 원래 "너"와 함께 있었다. 그렇다면 왜 나는 너를 향해 가야 할까. 시적 유추를 하자면, 원래 너에게서 나왔고, 너와 함께 있었던 나는 지금 너와 함께 있지 않다. 그러므로 내가 너를 향해 간다는 가정이 성립되고, 이 '너에게로 감'은 원래의 '나'의 자리로 '돌아감'을 의미한다. 이 시집 속의 "나"는 고향에서 멀리 떠나 오랜 세월을 방황했던, 그리고 마침내 고향 이타카로 돌아가던 오디세우스처럼 "너"에게로 돌아가기를 갈망한다. 화자는 "멀리 갈 수만 있다면" 천 리를 가는 "사랑"이 아니라 만 리를 가는 "애증의 힘을 빌려서라도" "너"에게 "기꺼이 가겠다"고 다짐한다: 너에게로 가는 나의 행위는 일반 윤리의 범주를 넘어선다. "사랑"을 위해서라면 돌이킬 수 없을 "중형의 죄"를 지을 수도 있다는 다짐은 내가 너에게로 가는 일이 윤리 너머의 혹은 윤리보다 더 중요한 일임을 보여준다. 그것은 일종의 정언명령이어서 그 자체로 윤리적이며 그것이 아닌 다른 것들을 후차적 윤리로 밀어낸다. 이 단호한 내면의 결단이 이 시의 커다란 얼개이다.

그 급박한 순간에도 찾아야 할 너를 찾지 못했다는 걸 자각한 난숨이 멎을 때 멎더라도 조금 더 견뎌보기로 한다 허나 더 이상은 무

리다 일단 물 밖으로 몸을 피하기 위해 바닥을 힘차게 구르던 그때
내 손끝에 닿을락 말락 스치던 그것, 아, 너일지도 모른다는 생각,
아니 네가 맞구나 찾았구나 재빨리 손을 낚아채 참았던 숨을 길게
토하는 순간, 손끝에서 스르르 빠져나가는 싸늘한 신기루, 깨고 싶
지 않은 꿈을 깨고 난 뒤에 오는 허무감, 어쩌란 말이냐 절망과 슬퍼
할 권리마저 빼앗긴 이 한밤의 비애를

—「푸른 심해, 너를 찾아」 부분

너를 찾는 것은 "푸른 심해", 즉 상징계의 끝까지 가는 일이다. 그만큼 너는 멀리 있고, 그럴수록 너를 만나는 것이 나에겐 절실하다. 상징계의 끝에서 더 이상 견딜 수 없을 때, 상징계의 지평이 찢어지며 실재계가 막 열리려는 순간, 그 "숨을 길게 토하는 순간"에 나는 느낀다. 손끝에서 빠져나가는 "싸늘한 신기루"를. 너에 대한 치명적 인식은 결국 내가 너에게 도달할 수 없다는 결론 같은 것이다. 그러므로 시인의 모든 "비애"와 "절망"과 슬픔은 이 '도달할 수 없음'의 상태에서 비롯된다.

한 번도 입맞춤해보지 못한
당신의 향기가 꽃밭을 적시던 날
나는 향기에 취해 눈이 멀었고
불꽃같은 그리움이 가슴에 피어날 때면
홀로 꽃밭 지키는 일 형벌 같았지요
세월이 흘러도 식을 줄 모르는

당신의 향기
얼마나 많은 강물이 바다에 이르렀을까요
햇살이 내 등을 어루만지고
당신이 돌아올 수 없다는 걸 알았을 때
비로소 꽃도 시들고
향기마저 사라졌다는,
—「슬픈 몽유」 전문

"한 번도 입맞춤해보지" 못했다는 사실이야말로 너를 만나기가 실패의 연속이었음을 알려준다. 그것은 지금까지 실패였으며 앞으로도 실패일 확률이 높다. 그러나 나는 너에게 가는 것을 포기할 수 없다. 왜냐하면 나는 너의 "향기에 취해 눈이 멀었고" 너를 향한 "불꽃같은 그리움"을 버릴 수 없기 때문이다. 게다가 "당신의 향기"는 "세월이 흘러도 식을 줄" 모른다. 그 끔찍한 향기가 꿈이라는 것은 "당신이 돌아올 수 없다는 걸" 알았을 때 자각된다. 그러므로 당신을 향한 그 모든 움직임은 "슬픈 몽유"일 수밖에 없다. 그러나 시인은 마지막 행을 마침표가 아니라 쉼표로 끝냄으로써 이런 인지가 사태의 종말이 아님을 암시하고 있다. 이 시 속의 화자는 혹은 "나"는 그 몽유에서 벗어날 수 있을까?

2

몽유에서 벗어난다면, 꿈을 꾸지 않는다면, 시를 쓸 수 없을 것이다. 시는 되지도 않는 것을 꿈꾸거나 어렵게 된 것에서 다시 되지도 않을 것을 꿈꾸는 자의 몫이다. 그러므로 시는 항상 도래하고 있거나 도래할 것을 향해 있다. 설사 시가 과거를 회상할 때조차도 그 회상은 도래할 미래를 향해 있다. 세상이 이 "구름의 왕자"(샤를 보들레르)를 조롱한다고 해서 그가 비린내 나는 선창船艙을 자신의 고향이라고 생각하지는 않는다. 김인자 시인은 구름의 왕자를 조롱하는 현세에서, 닿을 수 없는 창공을 꿈꾸면서 현세의 그림자 뒤에 숨어 있는 '너'를 찾는다.

몽골인들의 주식은 양고기다
양을 잡을 땐 비나 눈이 오는 날은 피한다
궂은 날에 친구를 보낼 수 없다는 것이 이유다
봄에 양을 잡는 것도 금한다
겨우내 잘 먹이지 못한 친구를
먹이로 삼는 건 도리가 아니란다
그래도 잡아야 한다면
눈을 가리고 신속히 숨통을 끊어
한 방울의 피도 흘리지 않게 한다
친구의 피를 헛되게 해선 안 된다고

배가 고파도 고통스럽게 죽은 양은 먹지 않는다
집에서 기른 가축은 가족이기 때문에

긴 겨울이 끝나고
초원 가득 야생화가 피어나고 나비가 날면
게르 문을 활짝 열고
양 떼들 한가로이 풀을 뜯는 들판에
온 가족이 둘러서서 마두금을 켜며 긴 고음으로
대지의 신께 바치는 노래를 부른다
—「몽골 초원에 봄이 오면」 부분

몽골인들은 주식인 양을 아무 때나 아무렇게나 잡지 않는다. 비록 주식이지만 양의 생명을 끊을 때, 그들은 공경과 두려움의 태도를 끝까지 준수한다. 생명에 대한 이런 자세는 그들의 율법 때문이 아니다. 그들은 모든 생명 있는 것의 뒤에 있는 "신"을 본다. 가시적인 모든 것은 그림자에 불과하다. 그러나 그 그림자엔 그것을 창조하고 주관하는 절대적 존재의 관심과 의지가 스며 있다. 그러므로 그림자를 무시하는 자는 그것의 전부인 배후를 깔보는 자이다. 그림자인 생명들을 공경하고 "온 가족이 둘러서서 마두금을 켜며" "대지의 신께 바치는 노래"를 부르는 몽골 초원의 몽골인들은 이미 "너"에 가 있는 '나'들이다. 그 마음과 그 자세와 그 태도의 '나'와 '너' 사이엔 아무런 거리가 없다. 나는 너이고 너는 나인 상태, 그림자인 자연을 그것의 배후와 동일시하며 두려워하고 공경하는 주체에게 세계는 소외된 대상이 아니다. 이 경우에 세계는 하나가 된 '나-너I-You'(마르틴 부버M. Buber)이다. '나-너'의 나와 너는 상대를 대상화하지 않는다. '나-너'에서 나는 이미 너에게 가 있고, 너는 나에게 와 있다. 여기에서의 나와 너는 모두 주체들이다. 이 짝말에 대상은 없다. '나-너'의 나는 '나-그것I-It'의 나와 다르다. '나-그것'의 나는 그것을 대상화하고 전유하며 지배한다. '나-그것'에선 오로지 나만이 주체이며 나를 제외한 모든 그것들은 대상에 불과하다. 이런 경우 나와 그것 사이의 거리는 멀다. '나-그것'에서 나는 그것을 계속 소외시키므로 그것에 영원히 도달할 수 없다. 이렇게 보면 이 시집의 "나"는 '나-그것'의 현실에서 '나-너'를 찾아가는 긴 여정 위에 있다.

나 있는 여기
연두 잎 돋고
제비꽃 민들레꽃 피어나고

너 있는 그곳도
새잎 돋고
장미가 정원을
붉게 물들일 때면

세상 모두
꽃밭이 되는 건
틀린 말이 아니겠지
—「우리들의 꽃밭」 전문

어찌 보면 단순할 정도로 소박한 이 시는 바로 위에서 설명한 '나-너'의 관계를 잘 설명하고 있다. 나는 너에게 명령하지 않는다. 너는 나를 전유하지 않는다. 너는 '무한성infinity'(레비나스E. Levinas)이다. 너는 무한성이므로 나에 의해 규정되지도 전유되지도 않는 타자이다. 나 역시 너에게 무한성의 타자이다. 나는 너에 의해 소유되지도 정의되지도 않는다. '나-너'는 무한성의 두 주체가 하나가 된 상태, 즉 '무한성-무한성'이다. 이 짝패 안의 두 주체를 하나로 연결하는 고리는 '환대hospitality'이다. 데리다J. Derrida의 말처럼 "환대처럼 시적인 것은 없다." 위 시에서 "나 있는 여기"와 "너 있는 그곳"을 연결하는 고리는 "꽃"이다. 그러므로 꽃을 아름다운 환대의 객관 상관물로 읽어도 된다. 그렇게 두 꽃의 주체인 나와 너는 "여기"와 "저기"라는 공간적 거리를 넘어선다. 여기와 저기는 "꽃밭"이라는 같은 공간이기 때문이다. 그 같은 공간에서 나와 너는 "우리"가 된다. 여기에서 우리는 바로 앞에서 말한 '나-너'이다.

3

무한성인 타자를 유한성의 범주에 가두는 것은 법, 제도, 체제 같은 것들이다. 법은 조건을 설정하고, 존재들을 범주화한다. 그렇게 사회적 존재들을 체계적으로 분류할 때, 통치governance와 치안police이 용이해지기 때문이다.

잘린 손가락을 흙 묻은 손수건에 싸 들고 응급실로 달려온 외국인 노동자, 닥터가 국적과 이름을 묻는데 답을 못 한다 아무 영문도 모른 채 그냥 산이 좋아 먹이를 쫓아 달리고 달리다 인간이 놓은 덫에 걸려 살려달라고 애원하는 겁먹은 짐승의 눈빛, 생을 통틀어 처음 보는 짐승과 손을 뻗으면 닿을 듯 가까이에서 1초를 영원처럼 눈을 맞춰본 적이 있었던가 통증에 시달리면서도 소리 한 번 지르지 않고 그렁그렁 눈에 물만 고이던 청년의 눈 속에서 내가 본 것은 그리운 열대 고향집에서 올망졸망 기다리는 가족들, 그때 등 뒤에서 나를 후려치던 거친 목소리

"야, 저 새끼 불법체류자 아냐?"
—「불법체류자」 전문

데리다에 따르면 환대엔 조건적(계약적) 환대와 무조건적(절대적) 환대가 있다. 조건적 환대는 법적 자격과 기준의 충족의 여부에 따라 주어진다. 무조건적 환대는 국

적과 학력, 성별과 신분의 기표를 다 떼어버렸을 때 가동된다. 이방인은 법적 조건을 충족시키지 못할 뿐만 아니라 법적 권위를 잠재적으로 위협하는 존재로 간주되기 때문에 조건적 환대를 받을 수 없다. 손가락이 잘려 응급실에 달려온 외국인 노동자에게 "불법체류자"라는 이름이 붙여지는 순간, 그는 조건적 환대조차 받을 수 없는 절대적 타자가 된다. 난민, 무국적자, 혹은 법적 정체성과 사회적 위상도 없는 타자야말로 절대적 타자이다. 데리다는 조건적 환대를 받을 수 없는 이런 사람이야말로 무조건적 환대의 대상이 되어야 한다고 말한다. 데리다에게 있어서 절대적 환대는 주인이 주인이 되는 초대의 환대가 아니라 주인과 손님의 경계가 사라져 주인이 손님이 되고 손님이 주인이 되는, 주체의 환치들substitution이 일어나는 자리에서 발생한다. 위 시에서 화자인 "나"의 눈에 비친 "눈에 눈물만 고이던 청년"은 절대적 타자이고 무조건적 환대가 필요한 자이다. 그를 주인이 되게 하는 주인이야말로 스스로 주인/손님의 경계를 무너뜨리는 절대적 환대자이다. 주인과 손님의 환치가 반복해서 일어날 때, 나와 너의 거리는 사라지고 나는 너에게, 너는 나에게 이른다. 위 작품에서 "국적과 이름"을 따지는 것은 계약적 환대이고, 그것을 넘어 그에게서 "그리운 열대 고향집"을 읽어내는 시선은 무조건적 환대의 시선이다. 시적 화자가 후자의 눈으로 외국인 노동자를 바라볼 때, 그는 이미 절대적 타자에게 가 있다. 그러나 그런 환상을 깨는 계약적, 법적, '나-그것'의 시선이 항상 개입하고, 그런 시선은 절대적 환대의 '정의正義'를 방해한다. 사실 상징계에서 절대적 환대에 도달한다는 것은 불가능하다. 그러나 절대적 환대의 정의를 포기할 수는 없다. 그런 정의를 방해하는 조건들을 계속 해체해 나가는 것이야말로 시가, 문학이 하는 일이다. 김인자 시인의 "나"가 "너"에게로 가는 먼 길이 바로 그런 길이다.

사랑을 기억하는 시간
사랑을 분출하는 공간
사랑은 시공을 초월
이편과 저편을 자유롭게 넘나드는
생명의 노래고 춤이다
물 불 흙 공기이며 입자며 전자다
원자와 분자가 교직한 세포며 유기체다
사랑이 몸이고 몸이 곧 사랑인 까닭이다
모든 흠결을 지우고 시간과 거리를 무화시키고
차이를 아우르고 회춘하는 계절을 보라
사랑이 몸인 것은 생명인 까닭이다
사랑은 몸의 교환이고 나눔이다
몸으로 와 몸속에서 내면화되는 그것
너와 내가 나누어진 둘이 아닌
하나이기에 가능했던 문제들

몸을 초월할 수 있는 사랑이 가능하다고?
어떻게 그런 일이,
—「몸이 기억하는 사랑」 전문

"이편과 저편을" 자유롭게 넘나들려면, "모든 흠결을 지우고 시간과 거리를 무화"시키려면, 즉 '나'가 '너'에게 가려면, 그것을 방해하는 신분적, 계급적, 성적, 법적 조건들을 해체하지 않으면 안 된다. 이 시에서 "사랑"으로 명명된, '너에게 가는 길'은 무조건적 환대를 통해서만 성취가 가능해진다. "몸으로 와 (서로의) 몸속에서 내면화되는 그것"(괄호는 필자의 것)이야말로 완벽한 '나-너'의 구현이 아닌가. 그리고 그 길이 "몸"이라니. 김인자 시인의 '나-너'는 관념이 아니다. 그것은 현세에서의 구체적 실현을 꿈꾼다. 이 시집엔 그렇게 '나'에게로 건너가는 '나'의 수많은 여정이 나온다. 그 여정마다 그것을 방해하는 것들과의 갈등이 그려지고 그것에 가까이 갈 때의 환희가 넘실댄다. 이 시집은 그런 오디세이아의 기록이다.
끝

달아실시선 78

우수아이아

1판 1쇄 발행 2024년 5월 24일

지은이 김인자
발행인 윤미소
발행처 (주)달아실출판사

책임편집 박제영
디자인 전부다
법률자문 김용진, 이종진
기획위원 박정대, 이홍섭, 전윤호
편집위원 김선순, 이나래

주소 강원도 춘천시 춘천로 257, 2층
전화 033-241-7661
팩스 033-241-7662
이메일 dalasilmoongo@naver.com
출판등록 2016년 12월 30일 제494호

ISBN 979-11-7207-013-7 03810